Ter nagedachtenis aan mijn vader ~ C F

Voor Isaac en Daniel ~ J C

Oorspronkelijke titel: When We're Together
Oorspronkelijk uitgegeven in Groot-Brittannië in 2009

Copyright tekst © Claire Freedman 2009
Copyright illustraties © Jane Chapman 2009

Nederlandstalige uitgave:
© 2009 Veltman Uitgevers, Utrecht
Vertaling: Ellen Hosmar/Vitataal
Redactie en productie: Vitataal, Feerwerd
Opmaak: De ZrIJ, Utrecht
Omslagontwerp: Ton Wienbelt, Den Haag

Alle rechten voorbehouden.

Voor meer informatie: www.veltman-uitgevers.nl

ISBN 978 90 483 0048 8

Gedrukt in China

Als we samen zijn

Claire Freedman • Jane Chapman

Veltman Uitgevers

Samen zijn is na het wakker worden
leuke liedjes zingen met z'n twee.
We springen samen op het bed
en buiten zingt de merel mee.

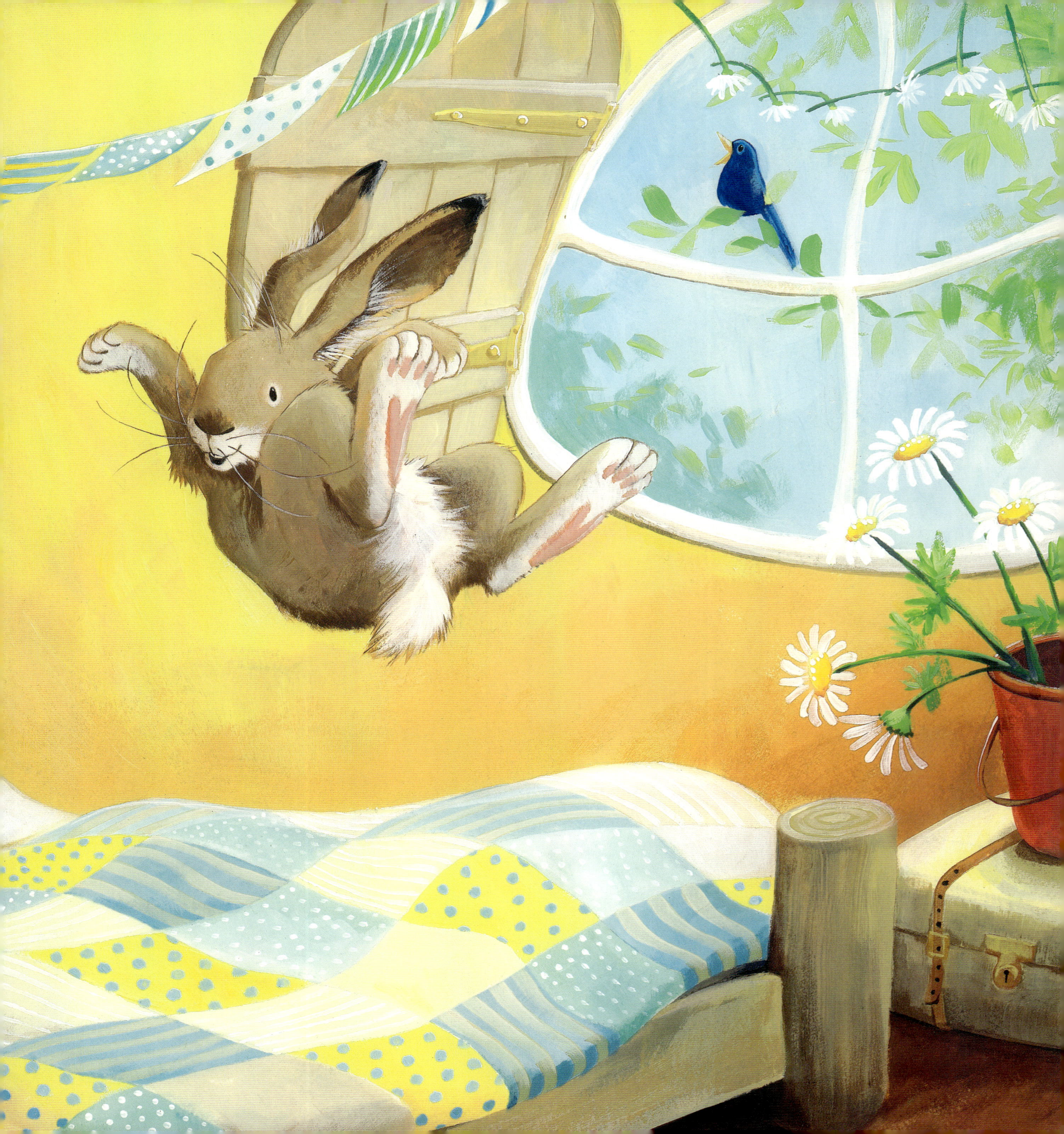

Samen zijn is heel hard rennen.
We vliegen bijna over de kop!
De winnaar laat zich lachend vallen
en de rest springt erbovenop.

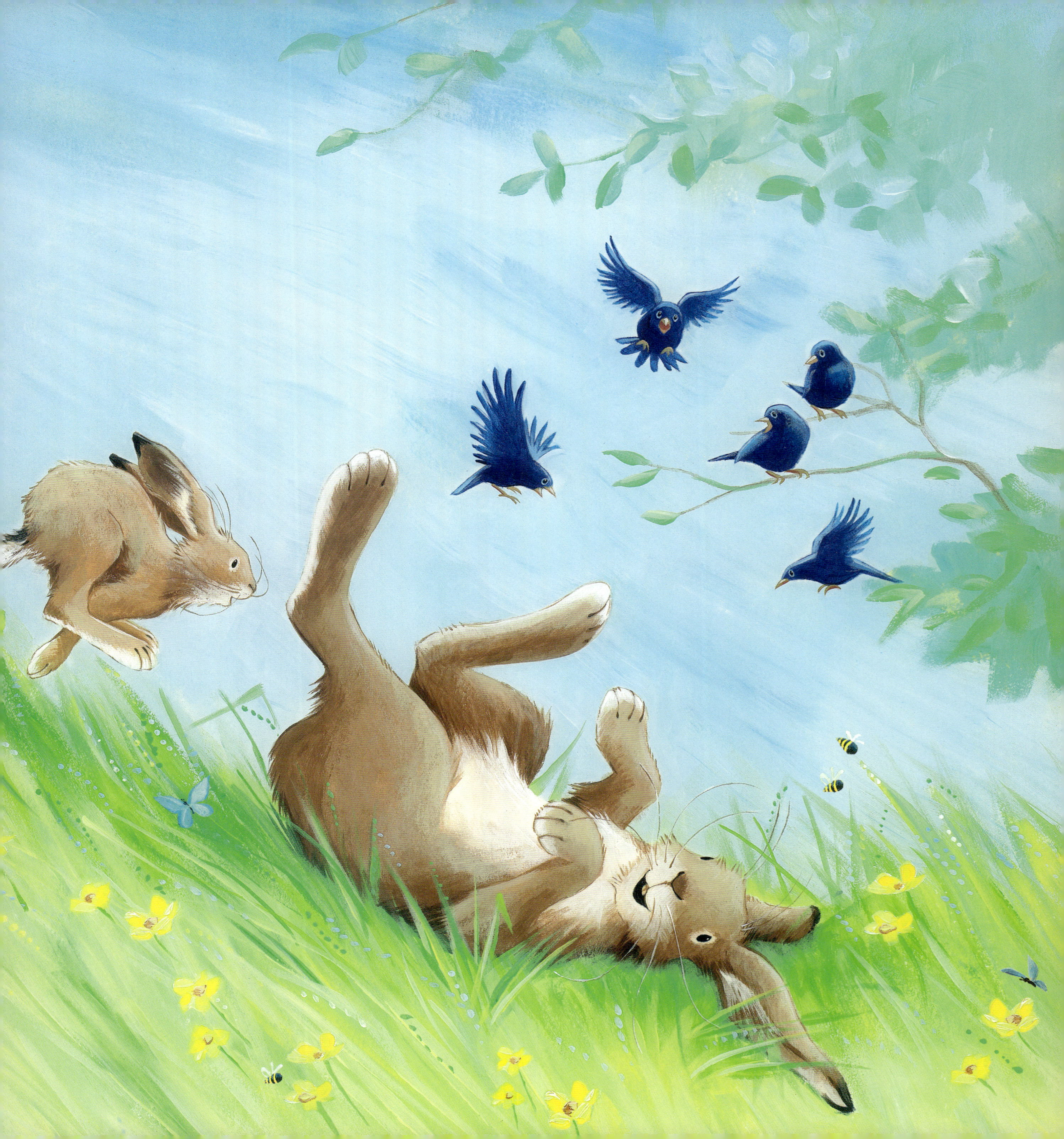

Samen zijn is spelen in de sneeuw.
Iedereen wil sleetje rijden.
We moeten ons goed vasthouden,
want we kunnen zomaar uitglijden!

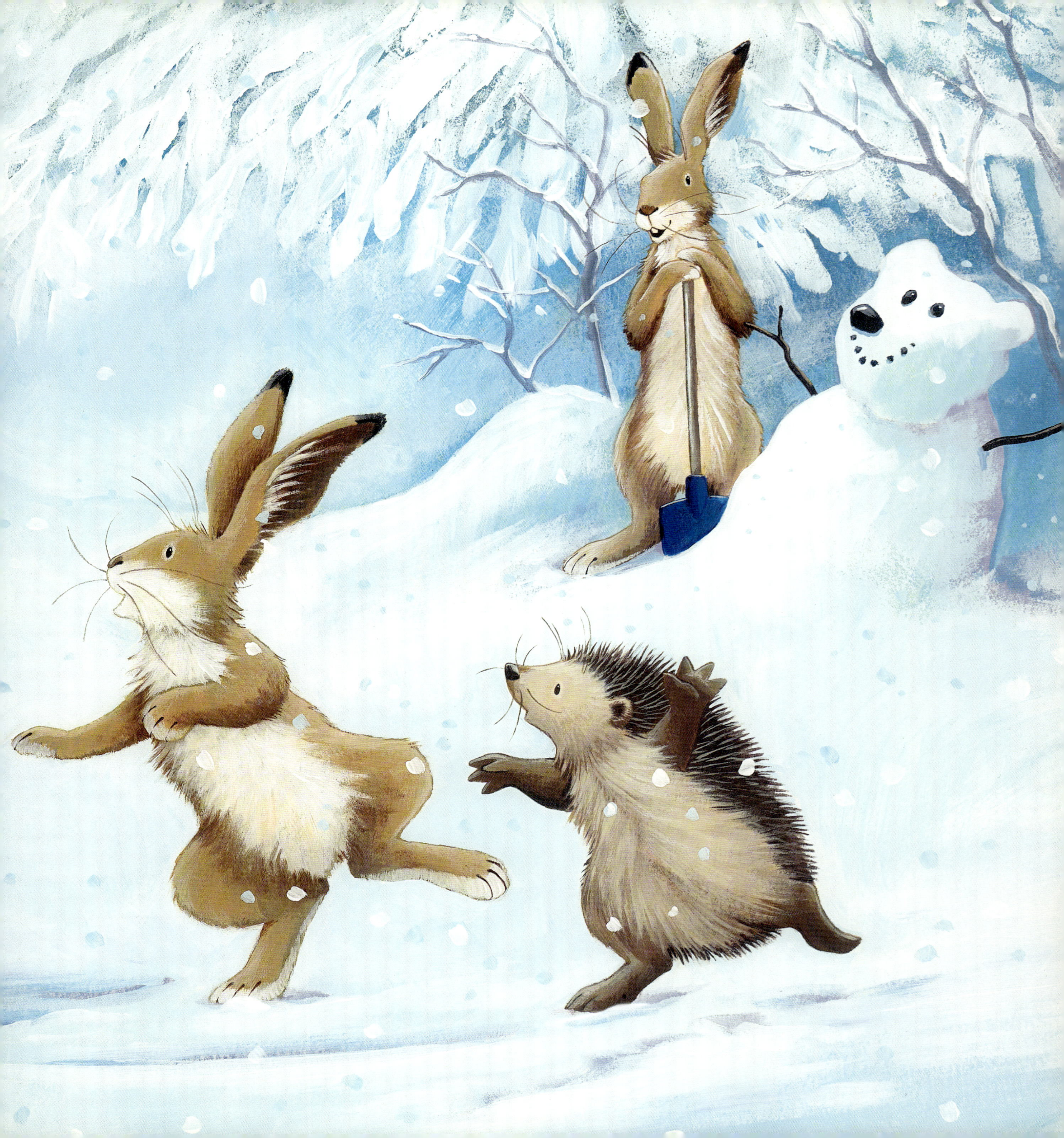

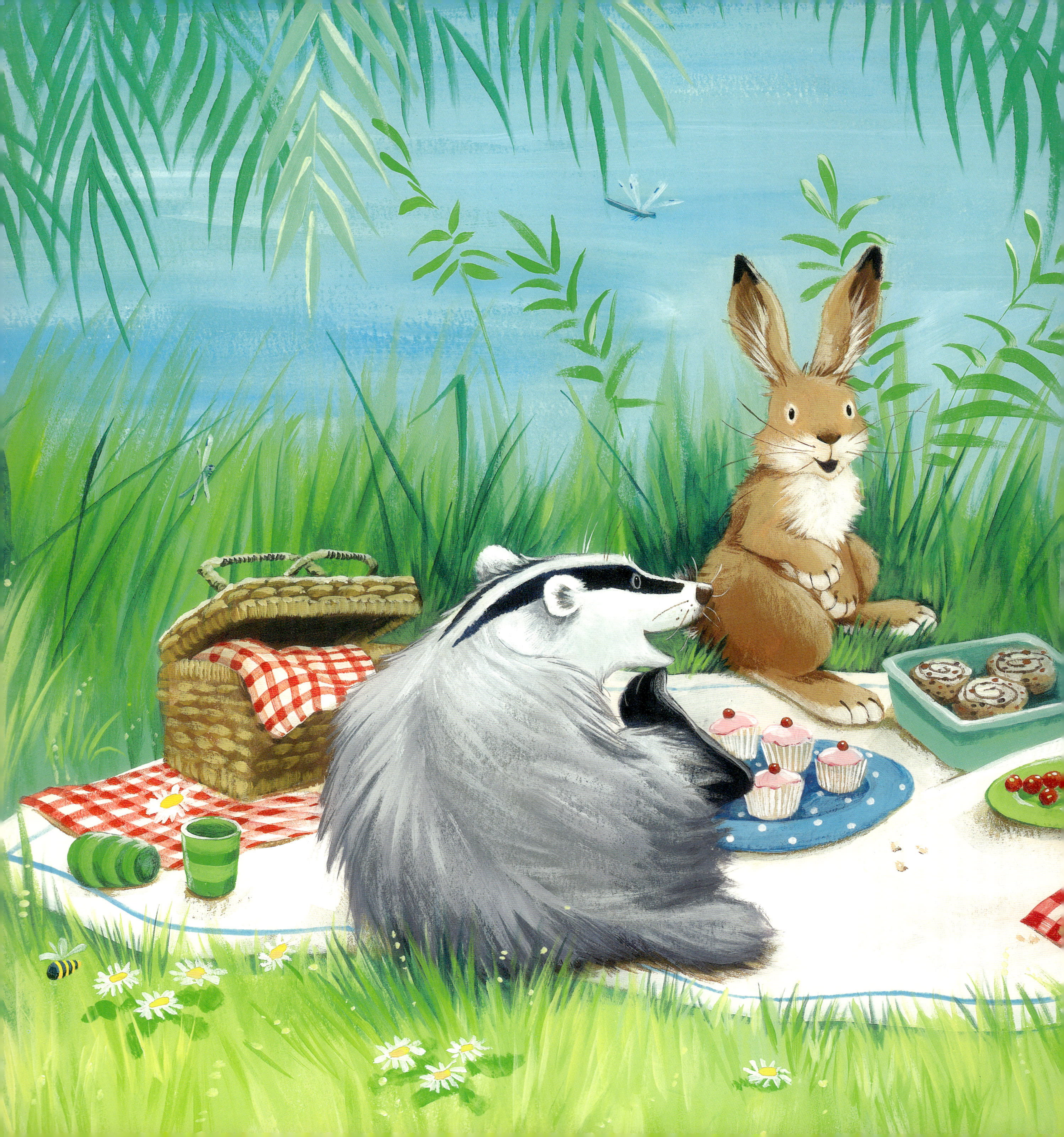

Samen zijn is naar buiten gaan
om te praten en te eten.
We zijn de allerbeste vriendjes
en zullen elkaar nooit vergeten.

Samen zijn is vies worden
en kliederen in het modderbad.
We maken zachte smurrietaartjes
en stampen ze daarna plat!

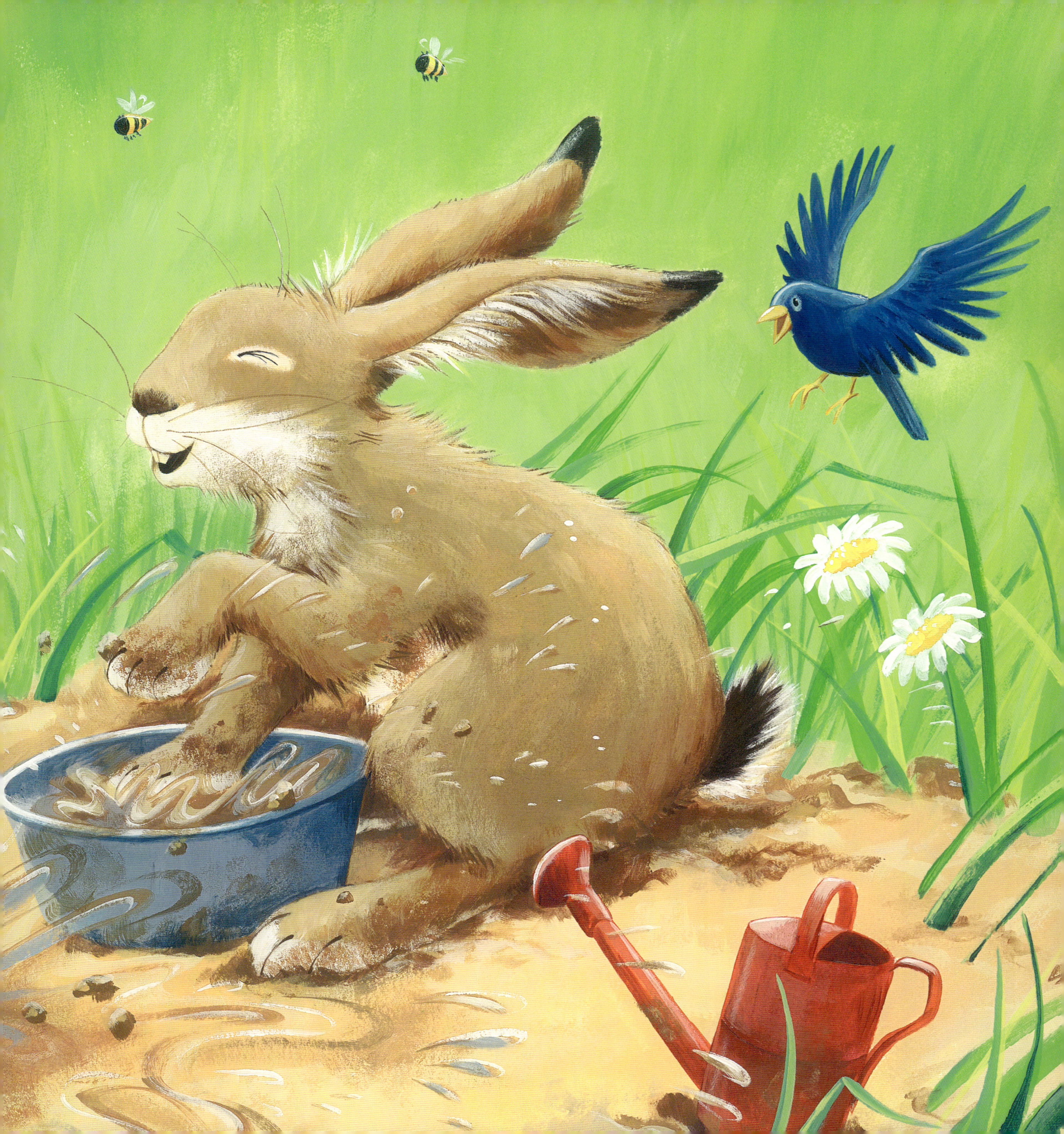

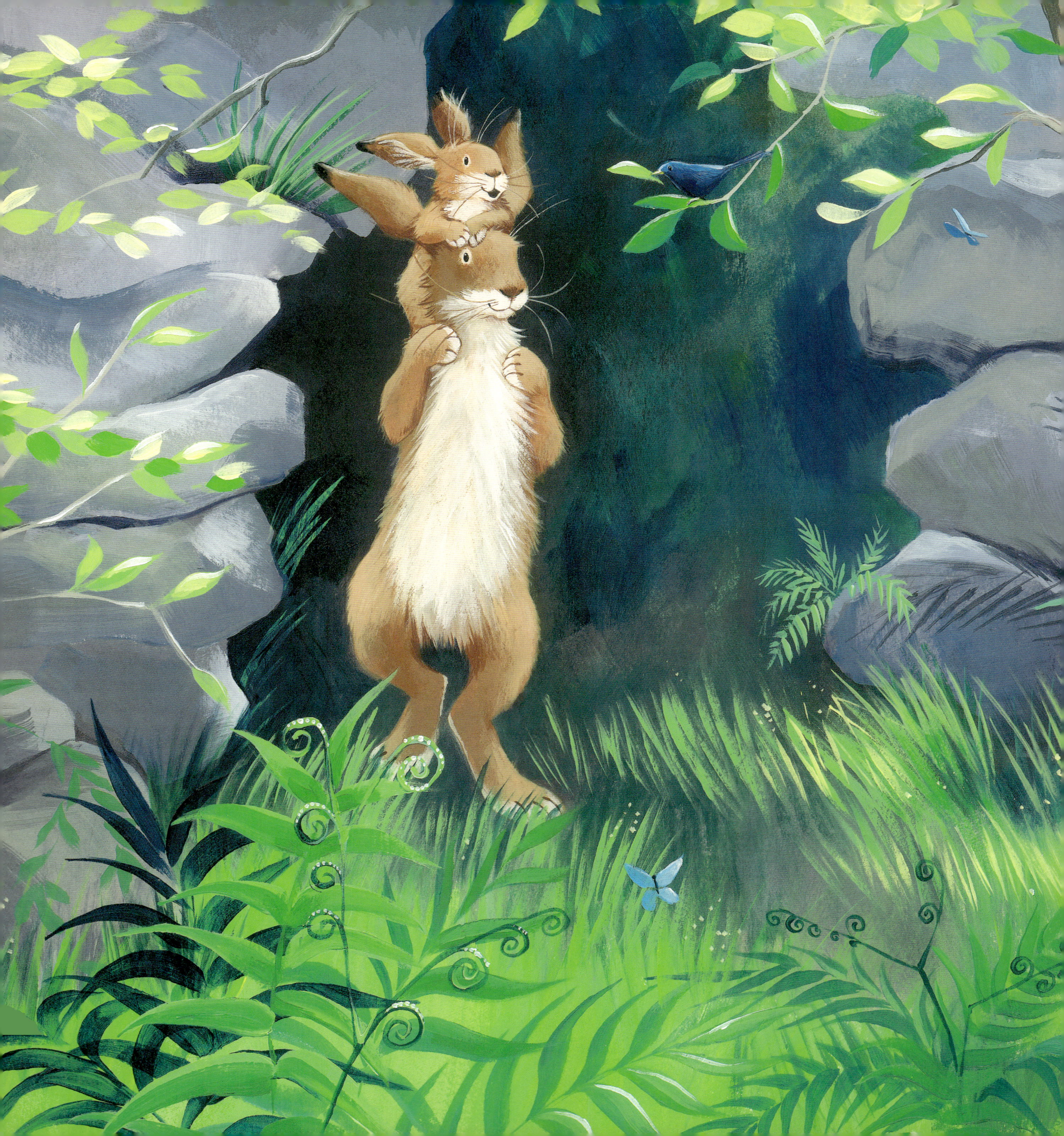

Samen zijn is lopen in het bos,
daar zijn zoveel mooie plekken.
Ik zit hoog op papa's schouders
zodat ik nog meer dingen kan ontdekken.

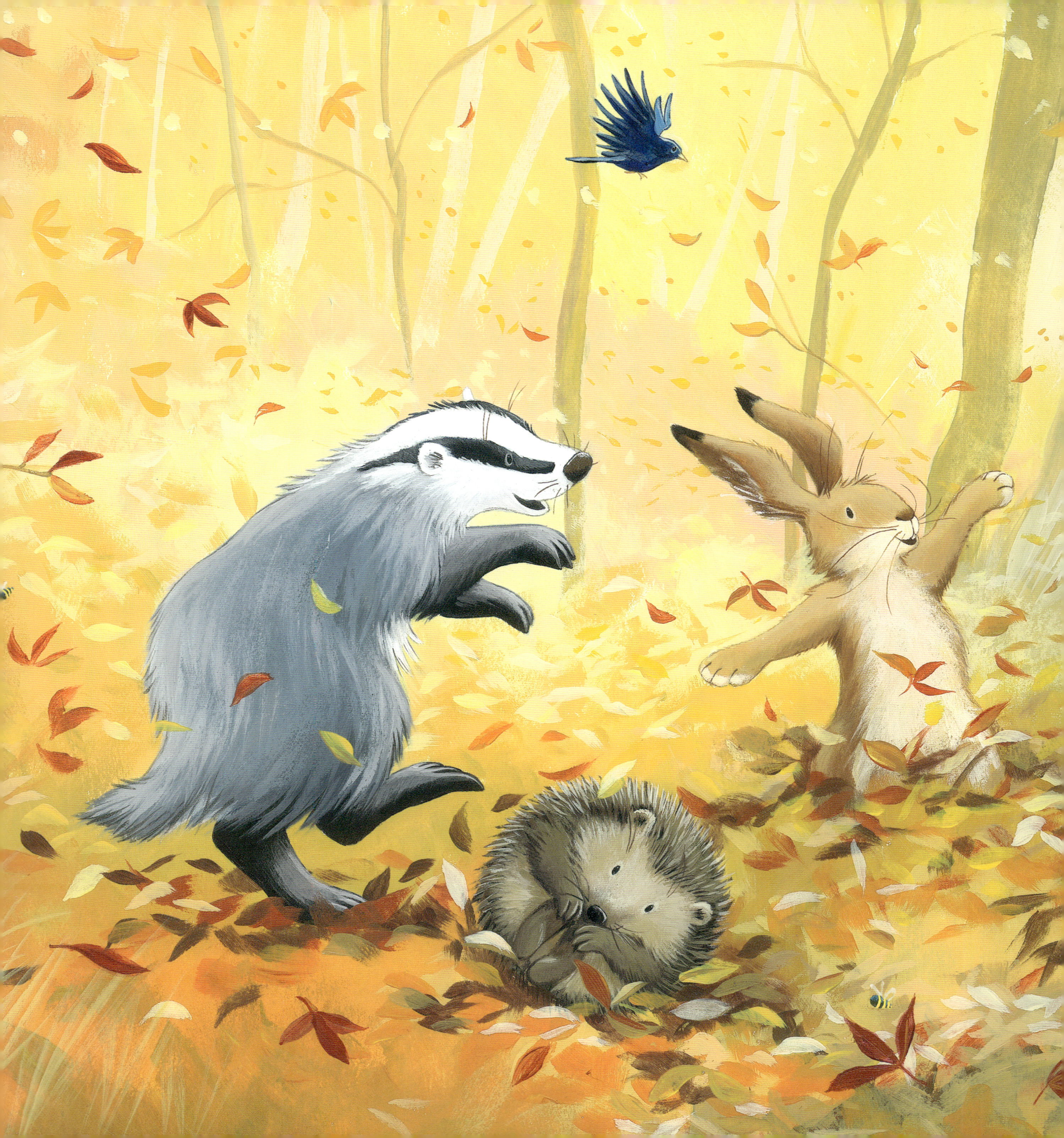

Samen zijn is huppelen en springen
door de blaadjes goud en geel.
We proberen ze te vangen,
maar het zijn er veel te veel!

Samen zijn is luisteren naar verhalen,
mama kent er een heleboel.
We horen dat het zachtjes regent
en papa doet een dutje in zijn stoel.

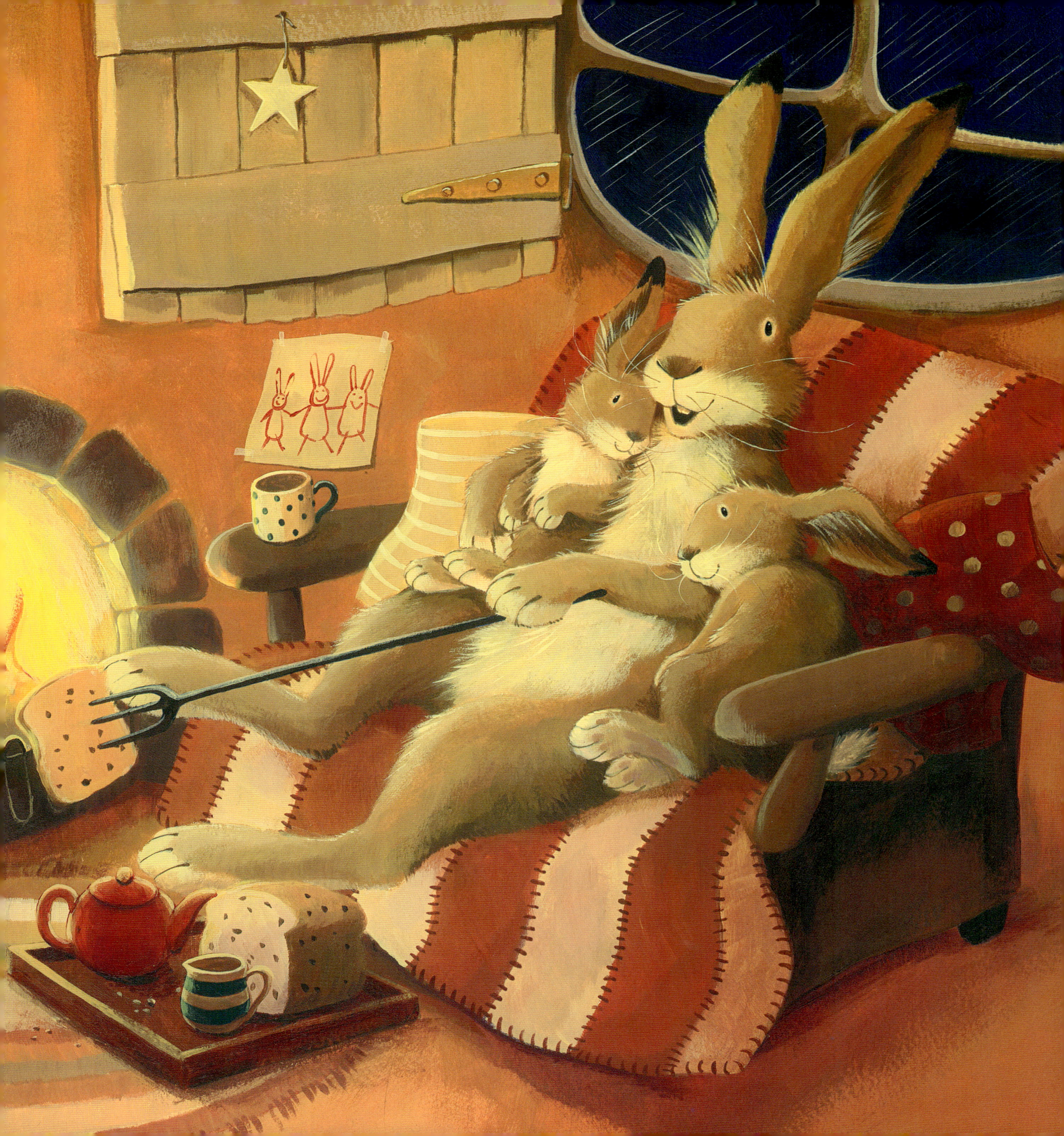

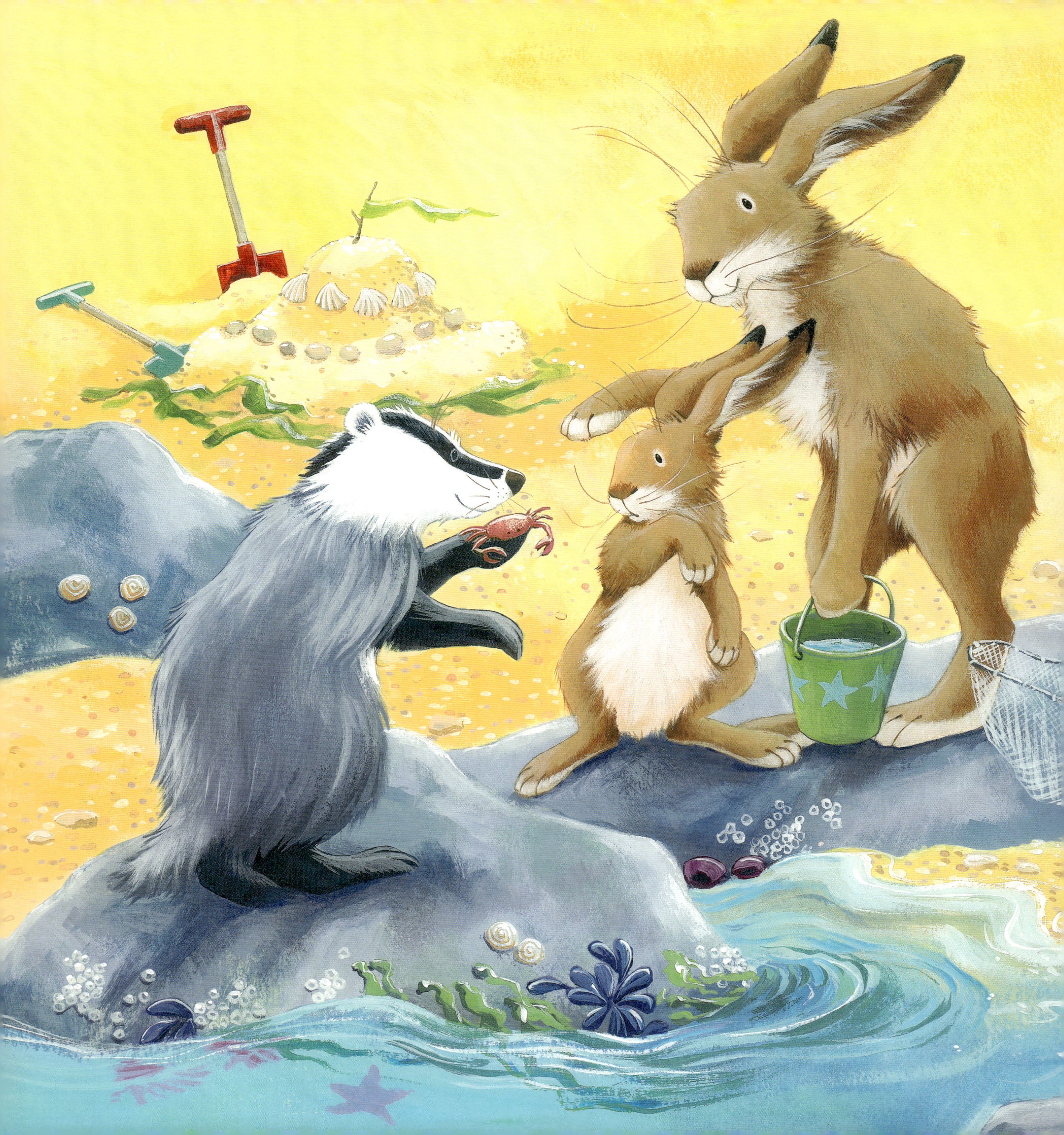

Samen zijn is schelpjes zoeken
en krabben vangen op het strand.
We gillen als er golven komen
en we bouwen kastelen in het zand.

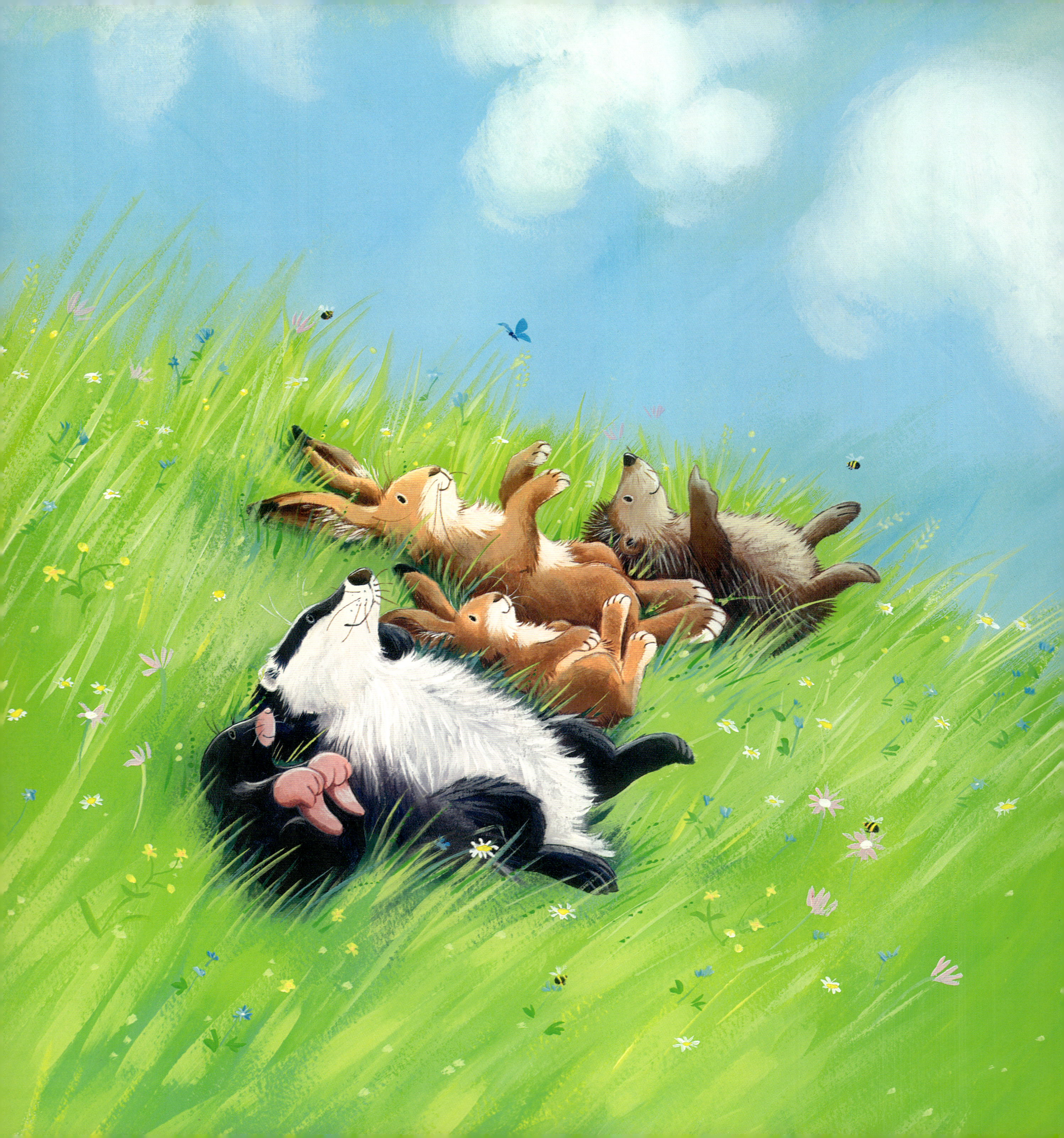

Samen zijn is soms gewoon stil zijn,
alleen maar liggen in de bloemen.
We kijken naar de wolken in de lucht
en luisteren naar de bijen die zoemen.

Samen zijn is samen stoeien
met de kussens op het bed.
De veertjes vliegen in het rond
en we hebben reuze pret.

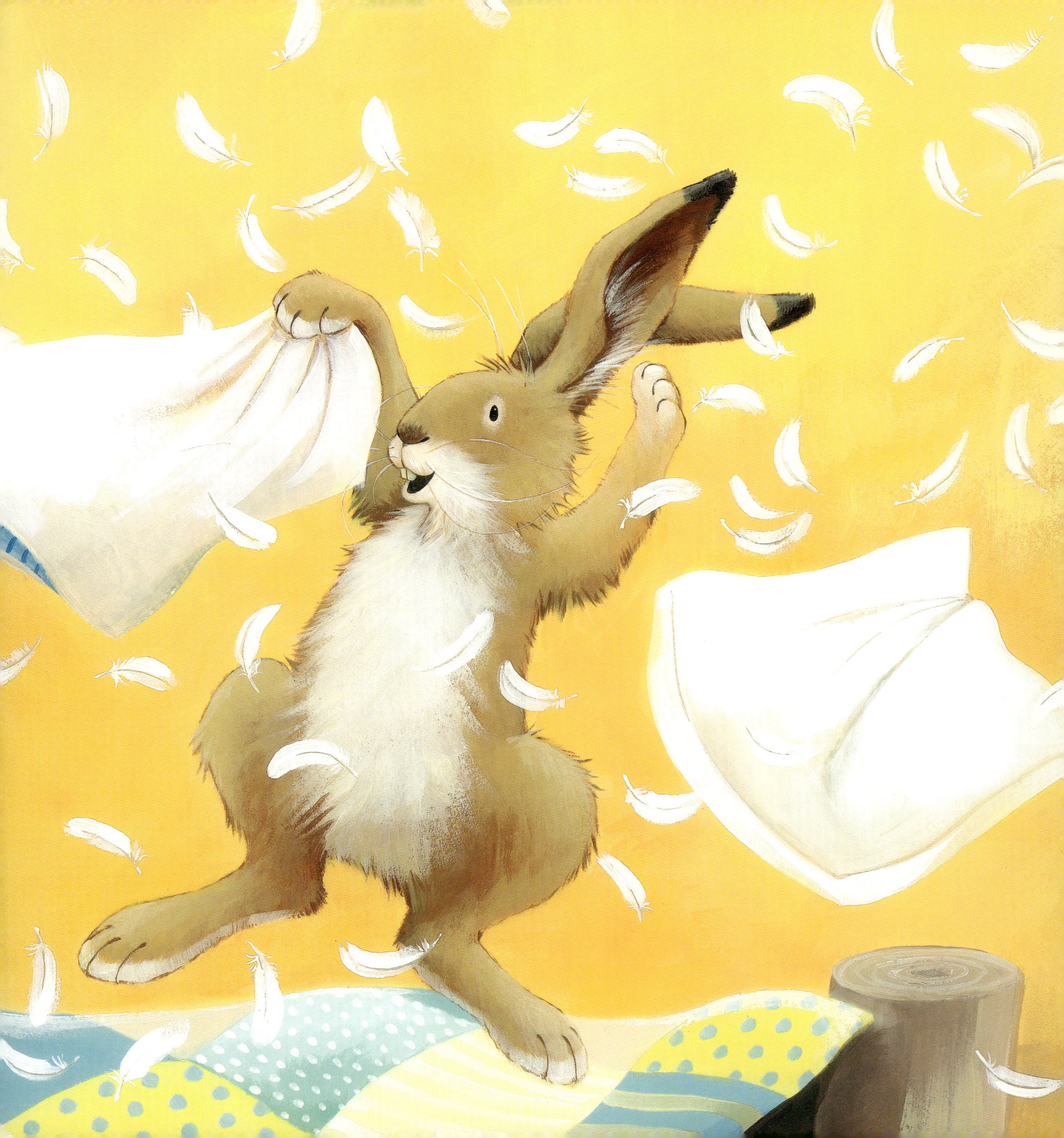

Samen zijn is nog even knuffelen.
We gaan naar bed, want het is nacht.
Straks gaan we lekker dromen,
welterusten, slaap maar zacht!